KB065117

우리는
참으로 오랜 여정을
함께했지요

정연승 시집

『우리는 참으로 오랜 여정을 함께했지요』

제1막 / 삶, 그리고 밤

제2막 / 별빛, 그리고 꿈

시인의
- 말

꿈이었다. 그리고 삶이었다.
하지만 언제나 아무것도 보이지 않는 밤
온전한 것은 오직 별빛뿐인

그렇게 그저 빛이 흩어놓고 간
파편들을 바라보며
여전히 꿈속을 헤매는

다만, 이 마음을 적는 일이
오래도록 나를
평온하게도 또는 고뇌하게도 해서

그래서 오히려 더는 놓아줄 수가 없는
단 하나의 길이 되어주었으면

또한 어떤 이에게 어쩌면
그 비장한 전환이 되어줄지도 모를

그렇게 누군가의 삶 속에 고요히 스며들어
전하고픈 마음만큼은 시들어가지 않길.

제1막

삶, 그리고

밤

꿈

하늘의 외로움이란
꿈을 꾸는 자에게는
더없이 아름다운 공허

추억과 이상으로 버텨내는 생
더 이상 남은 희망이 없다 해도
다만 살아내야 하기에

무너져가는 마음 붙잡은 채
하늘만을 바라보며
잊지 못하는 마음들을
잊으려

그러나 잊어가는 것 또한
주관적 과오를 밀어둔 채
이유 모를 외로움을 삼켜내는 일

꿈으로 포장된 이 두려움들

나약한 자존감을 밟고 점점 자라나
남아있던 미련들마저

묻어버리려 할 테지만

주어진 다른 어떤 마음도 없기에
인내하듯 읊조리는 공허의 시를 품에 안고
무거운 발걸음을

어떤 기억

풍경에 낮게 흐르는 나약한 빛을 끌어안듯
꺼지지 않도록 품속에 고이 간직한 마음
그러나 그 안에 남은 슬픔마저도
꼭 끌어안고 있었나 봐

어두운 숲과 깊은 강을 건너
내 별빛 아래 홀로 심어둔 나무에 기대어
쓸쓸한 밤이라는 시간을 보내

마음 위에 다시 더해지는 상처처럼
날 괴롭히는 외로운 침묵의 기억이 은은하게
마음에 만연해지면
진심으로 쌓아놓은 나의 세상마저
천천히 그리고 완벽히 무너져갈 것만 같아

슬프지 않게 무표정이라는 가면을 써보지만
그래도 이 기억은 사라지지가 않네

기억이라는 어제의 슬픔과
마음이라는 현재의 이야기
마침내 도착할 고요한 마지막에도

좌절이 숨 쉬고 있네

끝이 없는 기다림이라는 마음속의 어떤 기억은
스스로를 옥죄어 가고 있네 여전히

나만의 방

아무도 바라보지 않는 나의 방
나는 여기서 행복한 꿈을 꾸고 있어

이곳에서 내가 할 수 있는 것은
버텨내는 마음으로
천천히 그렇게 계속해서 꿈꾸는 것뿐이라
이것 밖에는 할 수 있는 게 없으니

노트도 이제는 넘치기 직전의
내 간절함을 담기엔 모자라지만
나의 혼잣말을 적어내는 이 짓을
다시 책상 앞에 앉아
느리게 흐르는 풍경 속 선율처럼 빚고 있을래

적막함이 흐르는 나만의 방
나는 다만 꿈을 꾸고 싶어
별빛만이 감싸주는 나의 꿈을

그 안에는 수많은 진심이 있어

밤의 노래

생의 인연은
꽃잎이 흩날리듯
덧없는 기다림

향기로운 흔적마저도
홀연히 사라지고

애타던 마음만
고스란히 남아
무언의 슬픔을 노래하네

간절함이 적히지 않은
이곳에서의 인연은

하늘을 나는
이름 모르는 새처럼

머물 곳을
바라지 않아야 함에

이별의 문학

강물 속 별빛처럼
흩어지며 흐르듯 떠나갔는데
붙잡을 수 있을까요

누군가를 떠나보낸다는 것은 그렇게
덤덤하다가도
이내 진해지는 미련이 되어
나를 어지럽게 만들지요

참 오랫동안이나 내게 머물러 있었는데
어쩌다 우리는 이렇게 헤어지게 되었을까요

내 마음이 무너지지 않게 잡아주던 사람이었고
그렇게 나에겐 꽃이 피어나던 시간이었는데…

나는 다만
무언 속의 어느 늦은 밤…
떠나간 그대를 떠올리며 시를 써볼까 해요

그대는
볼 수 없겠지만

그대 없는 겨울

겨울이 곧 다가오나 봐요
벌써 쌀쌀한 바람이 불고 있는 걸 보니

어젯밤 꿈에선 그대와 두 손 꼭 잡고
따뜻하게 겨울을 맞이하겠다고 했는데
꿈이 아닌 여기는 그럴 수가 없겠지요

애써 외면하고파 다시 눈감아 보지만
차가운 바람은 늘 무심히 곁으로 다가옴에
그래서 매해 그대 없는 겨울 앞에만 서면
두려워져요

저는 이번 겨울도 결국 이렇게
깊은 한숨과 홀로 애 닳는 마음을 움켜쥐고
무던히 하루하루를 보내겠지요
그렇게 또 한 해가 지나겠지요

저는 몇 번의 겨울을 더 보내야
따뜻했었던 그 겨울을
그리워하지 않게 될까요

슬픈 관념

창문을 통해 바라보던 세상은 내게
끝없는 꿈을 꾸게 하지만

그대만을 바라보던 나의 세상은 내게
두 눈에 상실이 가득한 바다를 사랑하게 하지요

그대 세상에 잠시 스쳐 지나는 내게
못난 어느 날들을 살아가는 내게

온 마음을 다해 사랑했던 그대라는 빛은

돌아오지 않을 답을 하염없이 기다리게 하는
슬픈 관념

그래도 그 언젠가에
그대라는 마음, 조그마한 파편이 되어
그리움 없이도 살아갈 수 있는 세상을
바라볼 수 있게 될 때가 오겠지요

그러나 그 애달픔 또한
마치 지금과 다르지 않은 그리움일 것만 같아요

다만 다른 것이라면
가난함의 위치겠지요

그립고 푸른 꿈

몽상가들이 쏟아놓고 떠난
담갈색의 슬픔이 가득한 아침의 바다

그 바다는 푸름의 색으로 깊어진 하늘 같습니다만
그 마음은 푸름의 색으로 깊어진 토로 같습니다

깊고 푸른 은하 속, 미약한 별빛처럼
힘없는 발걸음을 옮깁니다

바람은 세찬 소리를 내며 창을 흔들고
어느 해의 끝에서 품어왔던 다짐들은
까닭을 모른 채 부유합니다

그렇게 무언가를 그리워하는데
무엇을 그리워하는지 모른 채 살아가고 있습니다

나는 희망을 꿈꿔도 되는 걸까요
마치 하늘과 맞닿은 듯한 바다 저 먼 곳처럼

다만 못내 비통한 이 마음을 눈감은 채
그저 어두워져 가는 짙푸른 저 하늘을 바라봅니다

고요한 강

아직 한기가 채 사라지지 않은
새벽의 강

멍하니 바보처럼 한참을 보고 있으면
아무 말 없이 안아주는 강 너머의 풍경

다만 떠날 곳이 없어 서러운 공기가
입김이 되어 주변을 맴돌고

조금의 짓눌림도
숨이 막힐 정도로 견디기 힘든
삶의 무게가 되어
점점 굽어져 가는 작은 마음

해줄 수 있는 거라곤 결국엔
참아내는 법뿐

그래서 이 지극히도 고요한 강에서
그저 영롱한 물빛을 바라보며
뜻 모를 푸른 숨을 내쉰다

어느 곳의 밤

진한 붉은 노을을
갈대밭 사이로 바라봅니다
마치 잊어야 하는 무언가를 바라보듯이

그러나 이대로 한참을 서있는다면
곧 이곳은 밤이 되어
눈에 담은 이 전경도 사라지고
힘겹게 이어왔던 긴 여행의 일기도
끝을 맺게 되는 걸까요

밤은 파동이 되어 물결인 듯이 밀려오지만
어제의 빛이던 별들마저도
더는 빛나지 않는 듯합니다
남은 건 검은 강이 흐르는 하늘뿐

별이 있기에, 밤이 괴롭지 않았었는데…

존재했기에
그래서 더 없어진 것이 괴로워지는
어느 곳의 밤, 그 사이에서

우주라는 공허

우주
그 온전히 고요한 공허

나는 슬픈 결말이라고 불린다

그러나 끝을 아는 것보다
더 두렵게 스며드는 건

외침이 전해지지 않는
이곳의 비극적인 공기

아! 내가 있는 이곳은 공기마저 없어서
그렇게 더 잔잔하게
끝을 모르는 저 먼 곳으로
떠밀리듯 사라져간다

이제는 다시 돌아올 수 없는
깊은 어둠으로 떠난
나의 닿을 수 없는 초라한 일상이여

꽃의 말

자신의 생을 다한 듯
시들어가는 꽃은 말이 없지만

다만 언젠가 다시 피어날 꽃을 위해
모든 힘을 모아 남긴 마지막 말

마치 광활한 우주 같은 무음의 선율 속에서
날아가다가
날아다니다가 언젠가에
힘없이 내려앉았을까요

늘 소원 같은 마음을 주고도
작은 호의만을 받곤 하던

그럼에도 변함없이 미소를 담아 전한
그 이유 없는 사랑이
말로는 건넬 수 없는 원대한 진심이

끝내 꽃처럼
온기마저 유리되면

간절함을 잃은, 덧없는 용기
얼어붙은 강물처럼 처연한 끝

기다림은 이제
소용이 없는 한숨이 되겠지요

버림받은 아이

버림받은 아이는 눈물을 쏟는다

비바람 막아줄 사람이 없는
이 비극 속 그 아이를
그저 바라보는 나에게도 많이 아프다

작별의 인사 후
달라진 시간을 살아가고 있는 아이
이제는 묻고 싶은 많은 말들이 있겠지

다만 처음부터 버려지는 듯
이별할 것을 알았다면
조금은 나았을까

기다림이라고 불리는 괴물은 오히려
남아있는 자존감마저 점점 잡아먹을 테니
차라리 알았던 게 괜찮았을지도 몰라

흔적 안에 여전히 남아있는 온기
그 안에 덩그러니 남겨진 마음
남모르게 붉어진 눈

그렇게 그 아이는

아무도 모르는 마음을 홀로 삼킨다

작은 숲속의 나무 하나

좀처럼 그칠 생각이 없는
그러나 단지 미약한 바람일 뿐인데
나무는 맥없이 흔들립니다
뿌리가 견고하게 땅속에서 버텨내고 있음에도

뻗어나간 나뭇가지 위에는
어느새 새들이 내려앉았는데
어째서 새들은 흔들리지 않는 것일까요

그러나
얼마 지나지 않아 새들도 결국은
더 큰 숲속의 나무들에게로 떠나갔습니다

그저 작은 숲속의 나무 하나는
그렇게 그 어느 미약한 생명체도
편히 안아주지 못했습니다

그런데
정작 아무도 몰라주는 두려움 속에서 떨고 있는
이 나무의 마음은 누가 안아줄까요

짙어져 가는 숲과 커지는 나무들 사이에서
그 나무는 점점 더 초라하게
어딘가로 밀려날지도 모르는데

악연, 말의 꽃

말의 꽃
그 정해지지 않은 운명처럼 자유로운
증오의 윤회는

불가피한 인연처럼
무던히도 괴롭히다가도

또한 은근하되 철저한 소외로도
셀 수 없는 생채기를 새겨놓는다

눈을 감고, 귀를 막아도
결국
불가항력에 물들어가게 되듯

미물 같은 하나의 뿔과
눈에 보이지 않는 어느 파편에도
폭렬하는 상징성

말이라는 꽃은 그렇게
실낱같은 악연에게도
침묵이 종국에는 옳음을

아득한 가을의 정취

가을의 하늘은 점점 높아져만 가는 것이
또한 더 멀어져만 가는 것도 같습니다

마치 바라던 꿈이 손에 잡힐 듯하다가도
이내 닿을 수 없는 저 위로 올라가 버린 것처럼

가을이 되면
언제나 찬란하게 아름답던 하늘을
한없이 바라보고만 있었는데

이제는 너무 아득해진 하늘에 문득 마음이
소멸해가는 생명을 보는 것보다
더 쓸쓸해 와서

하늘을 바라보려 들었던 고개를
힘없이 내립니다

그리고 짙어지는 주황색 풍경들에
스치듯 잠시 눈길을 주는 것 말고는
이내 아무것도 보이지 않게
가만히 눈을 감습니다

그대의 세상은

그대의 세상은 별빛처럼 반짝이나 봐요
아니라 해도 적어도 제 눈에는 그런가 봐요

별처럼 닿을 수 없이
먼 곳에서 살고 있는 그대의 세상은
다가가지도 못하는 제게는
오직 반짝임만이 눈에 보여서

속을 알 수 없대도
그런 그대의 세상 안에
속한 것만으로도 제게는
하늘에 빛나는 존재와 같아요

그러나 계속해서 땅의 저 밑으로
가라앉아가고 있는 나의 세상은
시간이 지날수록
그대의 세상과 점점 멀어져
초인적 힘이 있는 것이 아니라면
도저히 다가갈 수 없어서

오늘도 그저
별빛이 보이는 하늘만
바라보고 있네요

겨울밤 속에서

스산하게 차가운 바람이 불어옵니다
아득히 먼 새파란 하늘에
내 애타는 마음이 남아있을까요
그렇게 한 번이라도 볼 수 있게 된다면

영원히 남아있길 바랐지만은
시간을 되돌릴 수는 없겠지요
이제는 슬픔이 되어버린 행복했던 그때로

사라져버린 간절했던 바람
나의 의지로는 어찌할 수 없는 운명
이 겨울밤을 또다시 걷습니다

숨기고 싶은 삶이 없기에
나를 감싸 안던 그때 그 공기를
조금이나마 느껴볼 수 있었으면 했는데
죽기 전에 한번은 볼 수 있으려나요

나약한 채 겨울을 보낼 수밖에 없고
숲 밖을 떠나지도 못하는
특유의 빛을 잃어버린 자유의 새는 그렇게

얼어붙은 이름 모를 조그마한 호수를
끝없이 맴돌 뿐입니다

떠나는 길

기차를 타고 어디론가 떠나는 길
조용히 창가에 몸을 기댄 채
잔잔한 음악으로 귀를 막고
바깥 전경을 멍하니 바라보고 있어요

언제나 자신의 마음 그대로를 지켜낸
창밖의 풍경들처럼
꽤나 오래도 버티며 살아온
내 마음을 되돌아보게 되네요

마음속에 진심은 언제나 가득 차 있지만
자존감은 늘 텅 비어버려서
아침이 되면 사라지곤 하는 별빛과도 같았지요
채우려 부단히도 노력했지마는

그렇게 머물던 작은 행복마저
내게서 사라지게 되면
마음을 덮어두고선
알 수 없는 어느 곳으로 떠나가 볼까요

난 지금 달리는 기차 안

그래서 그 어디로든 떠날 수 있지만
내가 도착할 수 있는 목적지는 왠지 보이질 않네요

결국 난 다시
조용히 창가에 몸을 기댄 채
잔잔한 음악으로 귀를 막고
바깥 전경을 멍하니 바라봐요

부유

얼마 남지 않은 빛마저
사랑하는 이에게 모두 주고서도

떠나지 못하는 수많은 이유로 인해
머물지 못한 채 부유한다

그러다 하릴없이 잠이 들면
하얀 마음은 낮은 어둠에 잡아먹힌 안개가 되어
노을을 보면서도 지옥을 떠올린다

잠들기 전이 가장 고통스러운 이유는
내일이 가장 두렵기 때문이고
모든 것이 멈추지 않으면 남게 되는 건
불명의 존재가 되어

죽은 듯이 남아있던 시간들이
떠돌아다니듯 지나가길 기다리는 것뿐

언젠가는 지워지는 거겠지만
못내 서글퍼, 부유하고 부유하는
겹겹이 딱지 앉았던 모든 상처

결국 어느 것 하나 붙잡지도 못한 채
여윈 고독을 묻어둔 무거운 마음 하나를
구천에 흩어놓는다

녹턴

진통제 한 알을 삼키고
천천히 밤을 걷는다

둥그렇던 달이
핼쑥해지는 것은

엉킨 마음이
시절을 모른 채
떠돌아다니기 때문인 걸까

검은 한숨이 가득한 밤
중심마저 잃은 채 넘어지면

알 수 없는 깨진 파편에 베이듯
날카롭게 할퀴어진 상처
흩뿌려진 붉음

마치 옳은 위로가 되어줄 수 없는
겨우 이런 바보가 되려
간절한 시간을 보내온 사람의 마음처럼

그렇게 아주 작은 틈마저도
지독한 고통의 문이 되는

밤하늘 아래

내일도
진통제 한 알을 삼키고
또 한 번
천천히 걸음을 내딛는

공허한 혼돈의 바다

푸른 바다 한가운데 외로이 부유한다
고요했다면 좋으련만
번잡한 혼돈에 사로잡혀있는 이곳도
그다지 치유가 되지는 못한다

이따금 잔잔한 물결에 일렁이기도 하고
드물게는 수면 위의 작은 바위섬에 부딪히기도 해
생각보다 썩 미친 듯이 외롭지는 않지만서도
꽤나 고통스러운 공허함들이
불현듯 밀려들기도 해서

이 시린 곳에도 희망은 있을까

겉은 폭풍처럼 휘몰아치되
그 안은 태양처럼 뜨거운
이 역설적인 공간은 어쩌면
앞으로 수많은 시간을 파도처럼 휩쓸려야 하는 곳

애써 아무렇지 않은 표정을 짓지만
잔인한 이곳을 알기에
무상함이라는 이정표를 따라
치여 가듯 그렇게 세월을 보내는 것 말고는

사람이 자유롭게 죽을 수 있을까

사람이 자유롭게 죽을 수 있을까
세상에 모든 일에 힘겨워질 때
누구도 나의 마음을 몰라줄 때
그때 아무것도 힘이 되질 않고
더 이상 기댈 곳도 찾을 수 없다면
이 모든 슬픔으로부터 해방되기 위해
자유롭게 스스로 죽을 수는 없는 것일까

내가 사는 삶이고 내가 이어가는 목숨이지만
태어날 때도 개인의 의지와 상관없이 태어났으니
죽음도 내 의지와는 상관이 없는 것이어야 하나

이 세상은 사람을 죽음에 이르게 할 만큼 지독하면서
심지어 죽음도 관장하려 한다

모든 걸 무시한 채 그냥
자유롭게 죽을 수 있다면

다리 위에서

다리 위에서

천천히 흐르는 강물을 내려다봅니다

나아가는 길은 옆에 있지만

그저 다리 위에서 강물을 내려다봅니다

아련하고 슬픈 노래가 흐릅니다

마침내 마지막 일을 끝내려

아득히 그리고 지긋이

강물을 또 한 번 바라봅니다

이수아

날 잡은 두 손 꽉 잡고 놓지 않고 있구나
이 손을 놓으면 나는 저 깊은 강물로 떨어져
영영 돌아오지 못할 것을 아는지

그런데
너의 눈에는 수많은 고통스러운 고민이 보이는구나
그렇다면 잡은 이 손
놓아주는 것이 옳은 것이겠지

너와의 추억을 담았던 이 사진기에
나의 마지막을 담을 테니
나를 언제나 기억해주겠니

그리고 이제는 날 놓아주렴
너는 행복해야 한다
내 눈에 보이는 너의 눈동자 속 마지막 시선에
나란 존재는 더 이상 없구나

이제는 안녕
나의 사랑스러운

침묵

떠나감의 침묵은
자유롭되 잔인합니다

뜻하지 않은 무언의 공허는
애절하되 황망합니다

그렇게 약속되지 못한 어느 날에
머물렀던 안녕은

시간의 기억을 앗아가고
더운 숨을 가쁘게 합니다

좌절은 퍽 온화하지 못해서
작은 서러움의 선율에도 울컥 휘몰아칩니다

보통의 풍경을 무심히 꿈꾸고 싶지만
많이 힘에 겹습니다

남겨진 침묵은 그렇게
떨리는 오른손으로 차디찬 왼손을 움켜쥡니다

시간의 상대성

별의 빛이 이곳의 지상까지 전달되는
억겁의 시간
그 시간만큼이나 누군가의 마음에서는
늦어버린 시간

이미 늦어버린 명확한 진심은
힘겹게 전해진대도
녹여낼 수 없이 얼어버렸어

빛의 시간에 서성이다 이마저도 떠나버린
남아있던 유일한 해빙의 순간

절대적 시간은 똑같이 흐른대도
상대적 시간은 평행선을 따라
각자의 길을 가니

설령 다시 마주친다 해도 결국은
더 멀어지게 될 수밖에 없는
교차하는 갈림길의 시작일 뿐

먼 그림자

저 먼 타국의 땅

어두운 밤의 별빛에 투과된
나약한 그림자일 뿐이지만
그 그림자는 하늘을 등진 채
또 하나의 그림자를 만들어내고 있었지요

고개를 조금 들어보니
별빛 하늘로 향하는 계단이 보입니다
그곳을 따라 걸어올라 가면
놓아준 흔적들 같은 미완의 행복들을
가만히 내려다 볼 수 있을까요

별빛을 향해 더 가까워질수록
그림자의 그림자는 점점 더 커져가겠지요
그리고 지상에서도 점점 더 멀어지겠지요

이제는 아득히 높아진 거리
바라보는 하늘빛은 눈이 시리고
떨어트릴 듯 거세던 바람은 잦아들었는데

아! 이 땅에서 외롭더라도
행복한 마음빛 하나만 안으며 살려 했건만
마음의 그림자만 곁에 두며 살아왔구나
힘겹게 안고 왔던 지난날의 삶들은 어디에…

주어진 어느 하나의 목적지를 향해 걸어가고는 있지만
마치 길을 잃은 듯, 가슴 아픈 통증에 에워싸인 채
무너질 것만 같은 성벽을 그저 올려다봅니다

마음

당신만이 있던
이곳은 이제
놓아버린 마음의 잔해가 밀려온 섬

가끔은 잊어둔 흔적을 찾으려는 듯이
밀어냈었던 깊은 후회를 손에 문득 쥐어보곤 하지만

꺼내어보면

다시 덮어두어야 하는
수많은 이유들이 떠올라

놓지 않겠다고 단언했었던
어린 마음과

언젠가는 닿을 거라 믿었던
헛된 마음이

지친 한숨처럼
바래지는 간절함이라는 것을

붙잡아보려는 기나긴 찰나
그 순간들 속에서 떠오르면

묻어두는 것이 옳음을

돌이켜보게 하는 이곳

이곳은 이제
애틋한 마음의 희미한 흔적만이
시간의 작용에 풍화되는 섬

정리

짐을
정리합니다

방에 놓아두었던 물건들을
가방에 하나둘

끝을 모르는 긴 한숨과 함께
처음 이곳에 왔던 그 때 그 시간과 닮아있도록

참 많이도 익숙해져 있는 이 순간은
다시 시작해야 하는 긴 기다림

생각의 적막은
짧은 듯 길게 흐르고
이내 북받치는 서러운 마음

오직 별 하나의 품에 기대어
눈물을 삼키고

또 한 번 고요하고 깊은 한숨을 내쉬며
정리했던 것들을 무던히 바라보던 두 눈을

조용히 감은 채

천천히 그리고 또 천천히
마음을

밤의 끝

밤하늘에 빛나는
찬연하되 고요한 어떤 빛은 아마도
손을 뻗어도 닿지 못할, 아득한 별의 빛

무던히도 바라보았지만
결국 붙잡을 수는 없던
당위성처럼
그 어떤 마지막 또한 다가올 테고

길이를 가늠할 수 없는 이 밤마저도
그 끝을 향해가는 것

결국 부딪혀야만 하는 것이라면
많이 아프지만은 않기를 바랄 뿐

다만 흐르듯 사라져가는
비밀과도 같은 시간 속에서
부유하는 진심이 조금은 서럽습니다

끝을 아는 마음, 남아있는 어떤 밤들
그 안에서 무엇을 해야 할까요

오직 별빛만을 바라보는 것뿐인
여전한 밤, 그 작은 끝에서

생의 기다림

을의 기다림
그 헤아릴 수 없는 간절함

허울의 빛을 보는 괴로움
혹은
삶과 죽음의 사이

그렇게 사무치는 기다림을
또 한 번 끝내고 나면

굽은 몸, 굽은 길
헤매듯 오랜 시간을
걸어야만 하는 걸까
마치 소리를 듣는 법을
잊은 사람인 것처럼

허나 더는 버틸 힘이 없는
별빛이 보이지 않는 하늘 아래
무얼 더 소망할 수 있을지…

다만

하나 바랄 수 있는 거라면
이생이 끝나는 대신
남은 이 마음만은
살아남아 더 행복해져 있길

온전히 끝나려 하는 삶
그리고 가장 간절한 이야기의 다음 편

그 이어짐과 끝맺음 사이에서

여전히
끝나지 않은
자그마한 생의 기다림

삶의 밤

밤이 남기고 간 수많은 번뇌들은
아침이 되어버린 지금도 여전히 나를 괴롭혀
아직도 꿈을 꾸고 있는 걸까

영원히 잠을 잘 수 있다면 조금은 나아질까
허나 지나온 시간의 상흔은
꿈속에서도 나를 힘겹게 해

그럼에도 이토록 나를 살아가게 하는 것은 무엇일까
시간이 지나다 보면 알게 되는 걸까
그래서 난 이 발걸음을 내디뎌야만
그 답을 알 수 있는 것일까

결국 시간이 지나고 나면
어떤 마음이 곁에 남아
날아드는 날카로움을 막아줄까
어떤 생각이 나를 붙잡아줄까

이렇게 의문투성이인 내 삶에
영원토록 고요한 밤은 찾아올까
그리고 내 마음이 편히 쉴 수 있는 곳은 있을까

이 모든 질문의 대답은
내가 가지고 있는 것이겠지

염려

눈보라에 휘청거리듯
내디뎌 온

못내
숨겨두고픈 마음 또한
잘 버텨내 온

염려

그저 흐르듯 무심히 있어도
물드는 멍들은

일상인 듯 눈감으면
내일에는 희미해질 테니

다만 숨을 쉬는 것처럼
흔한 이 짓누름은, 불가항력은

미온함과 미성숙함에게는
세상에 오래도록 머무를 수 없는 여유
삶을 홀로 지켜내기 힘겨운 이유

수없는 패배를 겪어왔음에
염려는 늘 밀려오고
쌓여가는 체증은 고뇌가 되어
터질 듯 위태로워

그렇게 눈은 감지만
편히 잠에는 들 수 없는

또렷한 상처들을 지닌
이날들의 네가

단지 그 폐부를 찔러대는 걱정들만이라도
오롯이 모아두었다가
유리병 속에 고이 담아두었길

그래서 종종 꺼내어볼 수만 있었으면 하는
또 하나의 염려

어떤 이별

기억이라는 정원과
슬픔이라는 시들지 않는 꽃

다만
오랜 위로가 된
고매한 이별의 흔적을 잊지 않으려
종종 꺼내어보는
하얀 나무의 숲

머무르는 관념과 함께
바라보는 모든 순간 속에
점점 변해가기도 하지만
그것마저도 온전히 그리웠던
어느 마음이기에

그러나 차마 눈 뜨고 볼 수 없는 어둠이 마치
눈을 감았다 뜨는 그 찰나에
앞을 볼 수도 없을 만큼 쌓이면

정작 잊어야 하는 나쁜 이별을 잊지 못하게
매 순간을 짓밟는 괴로움을 주는

간접적인 타의

그렇게 메마른 강처럼 힘없이 흘러가다가
옳은 곳인지 알 수 없는
어느 길에서 혹여

나약하지만 흔들리지 않는 마음과
느리지만 시들지 않은 언어가
작은 눈송이가 되어 녹지 않았으면

달빛을 따라 홀로 유영하는 새처럼

타인의 행복을 여전히
무심하게 기도할 수는 있도록

단지 동화 같은 바람일 뿐이라 해도

제2막

별빛, 그리고

꿈

별빛처럼 머무르듯 떠났지만

꿈을 꾸던 여러 해의 밤
마음에는 아직도 사라지지 않은 별빛

그렇게 그대는 잠깐 머무르다 떠나갔지만
추억은 여전히 지나간 시간만큼 밀려와요
혹여 그 시간이 그대와 함께하는 나날들이었다면
좋았을 순간들이었겠지만…

내게 아직도 생각의 침묵이 이어지는 이유도
이렇게 그대를 떠올릴수록
마음에는 더욱 가득 차기 때문이지요
그러고 보면 미련이라는 것이 참
사람을 계속 작아지게 만드나 봐요

창밖에도, 그대를 닮은 별빛이
내 세상을 찬연히 비추고 있어
난 화분 속 식물처럼 창틀에 온전히 몸을 올려둔 채
아무렇지 않은 척 한참이고 또 바라볼 수밖에요

이렇게 행복이란 건
홀로 쓸쓸히 보낸 시간들이 있어야

더 아름다워 보일 테지요

그렇게 어느 곳에서의 별은 누군가에게 소원이 되고
또 다른 곳에서의 별은 어떤 사람에게 빛이 되겠지요

다만 이따금 별이 머물렀던 자리를 따라 덤덤히 걸으면
차가운 바람도 스치듯 불어와요
아마도 아련한 그 모든 날들을 이제는
떠나보내라는 말을 전해주기 위해 그런 것이겠지요

맞아요 그대는 별빛처럼 머무르듯 떠났지만
내 마음에 남아있는 별빛은 떠나지 못하고 있어요

그러나 별빛이라는 게 결국
밤하늘에 영원토록 빛나고 있는 것처럼
그대도 내게 그래요

그래도 노력은 해볼게요
하지만 별빛 찬란한 밤하늘을 볼 때면
불현듯 생각이 날 것 같아요

죽은 가지가 베어지듯이

죽은 가지가 베어지듯이
무심하게 조각내고픈
그리움의 파편들

세찬 바람에 떠밀듯
못내 밀어내지만

단 한 순간도 쉽게
잊은 적은 없어서

그래도 비워내면 이내 차오르던 그때는
함께일 수 없다는 걸 알면서도
그 눈을 바라보면 또 그렇게
그리워

결국
죽을 듯 아파야만 끝을 맺곤 하는 시처럼
이 또한 뒤틀려버린 치유겠지만

그래도 생의 끝에서 언젠가 우연히 만나지면
놓쳐버렸던 그때의 그 두 손을
한 번 잡아 볼 수는 있을까요

행복의 길은

바다와 사막
그 사이에서
나아갈 길을 고민하고 있습니다

어느 곳도 행복의 길은 되지 못하겠지요
두 갈래 길의 끝은 결국
서로 다른 이름을 가진 고통일 뿐이기에

그러고 보면 행복은 참
저만치 멀리도 있는 듯합니다

버려지고 조용히 잊혀가는
어느 한 사람의
시들어가는 마음에게서

다만 생을 토해내듯 힘겹게 지켜왔던 삶
그 남은 시간 안에서

고통스럽지 않은 숨을 내쉴 수 있고
맑은 물이 흐르는 곳을
생애 한 번이나마 찾아볼 수 있게 될까요

강을 적신 날

강을 적신 날
비로소 별빛을 볼 수 있지요

반짝이는 밤하늘을
보기 힘겨워하던 날들은

지금까지도 내게
메마른 강에 물이 가득히 차고 나서야
별을 볼 수 있게 하지요
별을 많이 그리워하고 있음에도

이름 없는 낮은 언덕 위
하늘만 바라보는 들풀이 되라는
천명을 받들기보다는
강물의 깊은 곳에 숨겨놓은
진심의 소명이 비추어지길 바라던

그래서 여태껏 하늘을 바라보지 않은 것일지도 몰라요

강물은 언제나
겨우 숨이 붙어있는 채 살아가는 생명처럼
옳은 생을 제대로 살아낸 적 없기에
그리고 숨겨놓았던 것은
깊게 비추어지지 않으면 볼 수 없는 것이었기에

그래서 강을 적신 날이 되어야만
강에 비친 별빛을 볼 수 있는 것이었을지도 몰라요

강물처럼 흐르는

부딪히고 꺾이어가며
끌려가듯 여기저기를 스쳐 지나다 보면
알지 못하는 어느 곳으로 무던히 닿는 것 같아

그러나 도착한 곳은
언제나 흩어져버리는 광활하고 푸른 폐허

이내 천천히 한숨의 노래를 부르면서 희미해져 간다
그리고 떨어지는 꽃잎처럼 아스라이 내려앉는다

그러다 좌절의 문턱에서 문득 상상해본다
언젠가 저 검푸른 하늘에 은하수가 펼쳐지는 날
저곳을 향해 날아갈 수 있을까

점점 메말라가고는 있지만
간절한 소원마저 사라지지 않기를

봄비

창밖에는 어느새
봄비가
메말라 있던 땅을 적셔주려나 봐요

바람은 한결 따뜻해져 가고
꽃들이 피어날 준비를 하고 있으니

살며시 다가온 봄비는
이 계절을 더 풍요롭게 해주는
보물과도 같은 존재가 되겠지요

내리는 이 봄비가 그치고 나면은
풍경들은 어느새 색을 입으며
점점 아름답게 변해가겠지요

그때는 창밖에
노란색 연분홍색 꽃들이 피어나고
푸르른 하늘 아래 푸르른 숲들이

작은 미소를 띠듯 반겨줄까요

비가 내리네

비가 내리네
우산도 없고 더 이상 피할 곳도 없는데
그냥 흠뻑 나를 적실까

젖어버린 책은 쓸모가 없어지겠지만
비 내리는 풍경과 마음은
내게 또 하나의 시를 선물할 테니

그런데 이내 하늘이 더 어두워지네
먹구름이 드리운 것일까

나에겐 미약한 촛불마저 없는데

차가운 바람까지 불어와
살을 에는 두려움이 찾아들고
마음 밖 무언의 고요는
마음속 친근한 고통을 불러내는데

결국 빗속을 뛰어든다
세차게 내리는 비 그사이를 지나
그리고 어디로 향하는지 알 수 없는 힘찬 뜀박질

이 무모하고도 막연한 여정에 희망이 있었으면

행복의 흔적

문득 어느 누군가가
조건 없는 사랑을 건넨다면
그것은 행복이 될 수 있을까요

그렇게 흐르듯 머무르듯 내 옆에
아무 말 없이 내려앉은 우연한 온기는
내게 별빛이 될 수 있을까요

더 이상 들려오지 않을 수도 있는
길 위, 숨소리의 흔적을
바보처럼 기다리기보다는

별빛이 비추어주는
끝을 모르는 이 길을
묵묵히 걸어가다 보면

행복의 흔적이 두고 간
파편 하나라도
찾아낼 수 있겠지요

시선

메마른 숲을 건너 보이는 호수

그곳에 있는 조그만 배에 혼자 올라

아직은 아침이 가까워 오지 않은 어느 시간에

나조차도 나의 모습을 온전히 볼 수 없는 어둠 속에서

천천히 목적 없는 노 젓기를 한다

그러다 호수 한가운데에 멈추어

오로지 하늘을 바라보는 것 말고는

아무것도 하지 않은 채

점점 밝아오는 그 어딘가를 멍하니 응시한다

오는 동안에 지었던 그 눈빛과 마음과 다르지 않게

명상의 방

지극히도
모든 것이 드러나지 않은
기억 같은 공간

고른 숨을 내쉬고
야윈 창밖을 바라본다

행복을 함께 소망하고픈
그런 사람이 떠오르면

하늘과 바다처럼
맞닿을 수 있길

스치듯 재회한 인연은
신비한 선율처럼
깊은 치유이길

어느덧 고요는, 파동을 따라
나직이
마치 울릴 듯이 이 방 가득 차면

눈을 감고
몰아치는 생각의 잔향을
새긴다

그렇게 하나의 짧은 글을
건넨다
여전히 그리운 이 꿈속에서

추억을 묻는다

추억을 걷다 보면 닿게 되는 어딘가

긴 여정의 끝자락인 듯하지만
돌이켜보니 계절이 바뀌지 않았었구나

언제쯤이면 추억 속에서 행복한 미소를 지을 수 있을까

시간이 지나면
따뜻한 햇살과 선선한 바람을
느낄 수 있게 되겠지

긴 슬픔이 쌓여왔던 시간이 지나
향기로운 꽃잎처럼 천천히 흐르는
행복의 마을에 도착하면

그곳에서
말없이 고이 간직했던
아프지만 찬란했던 추억들을
보물처럼 묻어둘래

그러다 언젠가

가끔 생각이 날 때면
추억을 하며 미소 지을 수 있는
그런 때가 오겠지

메마른 나뭇가지 사이로 별빛이 보이면

외롭던 내 곁을 늘 보듬어주던 어떤 나무는
그 기둥은 두 팔 벌려 껴안아도 못 안을 만큼 크지만
다만 계절이란 것은 매번
뻗어나간 나뭇가지들을 메마르게 하였지요

그러나 메마른 가지 사이로는 여전히
별빛들이 빛나고 있으니
그저 한참 동안을 바라보고만 있을까 봐요

그렇게 별빛에 온전한 마음을 담고 있다 보면
무던히 진심을 전하고 싶은 어떤 이가
뭉근히 생각이 나겠지요
그러면 가만히 들려오는 풀벌레 소리를 음악 삼아
이 온화한 그리움을 적어볼래요

그러다 얕은 잠에 들듯 조용히 눈을 감으면
그사이에 또렷해진 그리움들을
꿈속의 또 다른 풍경이 무심히 건네어 주겠지요

사랑하는 이가 종종 머물렀던 추억 속
강력한 파편들을 따라 흐르는 낮은 파동은 그렇게

이어지듯 끊어진 인연에게 그저
무관심할지도 모를 안부를 전하는 것임을

풍경

화장기 없는 파란 하늘

햇살과 바람은
무심한 척 곁을 내주며
따뜻하게 풍경을 감싸 안고

거친 화법의 나뭇잎은
메말라가는 가지를 떠나
눈 내린 지상을 향해
쇼팽의 녹턴처럼
하늘거리며 내려앉으려 한다
마치 조그마한 아기 고양이의 온기에 눈 녹듯
고요히

불가피

그대와 그대 사이의
오묘하고도 알 수 없는 어떤 힘이 있는 건지

허나 그것은 서로 같은 곳을 향하는 힘이 아니라
서로에게 부딪혀 가고 있는 힘

그렇게 몇 번이고 다치고 또 부서진대도
그럼에도 더 하얗게 나아가는 인연이라면

그 모든 것의 공통됨은 결국엔
불가피성이라는 것이라

파도와 바위섬처럼
자석의 양극처럼

서로가 물들지 않되 침식해가는
무한한 윤회를
절벽 끝 바람처럼 겪어내야 함에

오로라

만나보고 싶어도 그리 쉽게 만나볼 수 없는 너
결국은 지구 끝에 다가가야만 언뜻 볼 수 있는 너
끝에 도착한대도 자꾸만 애태우는 너

그러나 포기하려던 순간 홀연히 나타나
황홀한 순간을 선사하는 너

하지만 이내 무심히 사라지는

너는 그렇게 밤하늘에 애틋한 빛의 잔상만을 남기고 간
별보다도 더 잔망스러운

그래서 더 그립고 보고 싶은 너

오늘의 봄이

오랜만이네요
예전보다 더 행복해진 것 같아 보여요

오래전
우리가 처음 마주했었던 그때도
이렇게 따사로운 봄이었는데

그로부터 오랜 해가 지난
오늘도
여전히 봄이네요

이제 그대에게는
지나왔던 봄의 시간들만큼의
수많은 날들의 봄이
또 남아있겠지요

다만 그중에 오늘의 봄이
그저 그대가 시간이 지난 후에
스치듯 마주할 추억들

그중 하나일 수 있길 소망해요

추억의 바다

넓은 바다 같은 세상 속에
작은 점과 같은 그대와 나

파도 같은 세상의 흐름 속에서
그대와의 찰나와도 같은 만남으로도 나는
영원으로 남을 추억을 새겼지요

물론 누군가에게는 그 추억이
바다속의 점과 같은 추억으로
기억되겠지마는

또 다른 어떤 한 사람은
잊을 수 없는 그 영원 같은 추억이
일평생을 안으며
삶을 살아가게 하는 힘이 되기에

그래서 늘 추억을 깊이 담아둔 바다를 바라보며
변함없는 마음을 숨겨두는 것이겠지요

바라봅니다

별빛이 올려다보이는 높은 언덕에서 앉아
살포시 고개를 내려 바다를 바라봅니다

밤하늘을 닮은 듯한 유리의 바다는
퍽 다정하지만 여전히 외롭습니다

많이 그립습니다

애틋할 언젠가의 그 간절한 만남 속에서
그저 한참 동안을 가만히 마주 보고 싶습니다

결국에는 다시 이곳에 앉아
지긋이 사유하며

차마 닿지 못한 동경을
소망이라는 이름으로 다듬은 채
종일 그리워하겠지마는

고백

저 하늘 위의 별빛 하나
내 마음에 고이 담아서
그 속에서 나긋이 진심을 속삭여볼래요

속삭임을 전해 들은 별빛이
마음에서 펜으로 옮겨가면
별빛은 이제 하나의 시가 되겠지요

그렇게 그 시가 다시 별빛이 되어
저 하늘에 빛날 수 있을까요

혹여 빛나게 된다면
그 누군가에게 전해져
마음 안에 사뿐히 내려앉을 수 있을까요

그렇게 내려앉은 빛으로
그 사람의 작은 한숨이
온기를 잃지 않았다면

그때 내가
그대에게 한 걸음 더
다가가도 될까요

훗날

훗날
그대가 살아온 날들을
무던히 돌이켜보게 되는 시간이 오겠지요

견고하게 삶을 지켜온 그대이기에
길었던 여정의 끝이라는 곳에
미련이라는 단어를 두고 오지는 않았을 거예요

그렇게 그대라는 이야기는 또한
내게 가장 궁금한 문학이기도 해서
언젠가 마주할 수 있을 시절이 되면 들려주세요

유일한 청취자가 되어
여전한 호수 같은 눈을 바라보며
그대라는 별의 은하수 속 여행의 결말에서
가장 가까운 별이 되고 싶으니

시가 편지가 되어

그대에게 써왔던 내 마음의 시가
언젠가는 편지가 되어 그대에게 전해졌으면

화려하진 않지만
꾹꾹 눌러 담은 그대에 대한 나의 마음을
이 시들에 옮겨놓았으니

언제라도 한번
건네줄 기회라도 있다면 좋으련만
만나지지 않는다 하더라도
나의 소망을 담은 바람을 따라
차곡차곡 그대의 곁에 놓아졌으면

그러다 가끔 그대가 지칠 때면 꺼내 보며
잠깐이라도 옅은 미소를 지을 수 있는
그러한 존재라도 된다면
내 시는 그 역할을 다한 것입니다

산책

사랑하는 사람과의 산책
그 속에는

누구에게도 말하지 않은
소중한 이야기가

어느 것도 숨기고 싶지 않은
애틋한 진심이

영원을 함께 하고픈
마음의 간절함이

그리고 절실한 사랑이

그렇게 담겨있지

나만 아는 마음

자그마한 나의 세상
이곳은 그 어떤 빛 하나도 찾을 수 없지만

다만, 마치 우주 같은 저 하늘 위
내 눈에 문득 선명하게 보이는 별의 빛 하나가

깊고 푸른 파도에 깎이고 무뎌진 바위 같던 나의 세상에
꽃잎이 쏟아지고 사랑의 노래가 흐르는 풍경을
언제나 바라볼 수 있는 나무의 마음을 주셨지요

빛은 그저
그곳에 있었을 뿐이겠지만
내게는 이 세상 전부를 환하게 비추어주는
가장 온화한 빛이 되어주었지요

그렇게 그대는 알지 못할
그대가 남기고 간 짙은 잔상들은
바래진 온기로 불현듯 내게 다가와
온전한 나의 그리움이 되어

꽃이 피듯

꽃이 피듯
아주 사소하게 쌓여가는 그 시간들은

황홀한 유리 조각되어
그림처럼 마음에 새겨지고

감히 바라볼 수 없는
그대 같은 하루를 꿈꾸게 하지요

그대는
누군가의 숨소리만이 남아있는 노래를 듣는
오랜 시간의 흐름 속 피사체

다만 그 사람에게
햇살과 비를 막아줄 자그마한 그늘이 되어
간절한 소원이 닿고픈 별빛이 되어
그저 행복만을 꿈꿀 수 있도록

꽃이 피는 것은
언젠가 다시 피어나기 위함이 아닌
머물러 있는 마음, 놓지 않은 채
온전한 세상이 되고픈 무모함

새벽꿈

하루의 끝과 시작, 그 사이의 모든 시간들

그곳엔 늘 한숨이 노오란 별이 되어서
밤하늘에 동그란 원을 그리며
서로 남몰래 이어져 있지요

그렇게 겹겹이 쌓인 별의 잔상들은 계속해서
검고 높은 바다 위를 헤엄치고 있는지
어제보다 더 밝아진 것 같아 보여요

내일에는, 또 그 어떤 다가올 날들에는
오늘보다 더 밝은색을 내며
다시 원을 그려갈 테지요
그러면 더욱 선명히 떠오를 수 있겠지요

하지만 언젠가에
잔상들 속에 숨어있던 미소가 아름다운 그 어떤 이가
여전히 궤도를 따라 더해가는 흔적보다
더 아름답게 빛날 때면

끝과 시작의 사이에서 깨어나
떠오르는 하나의 빛을 품속에 가득 안아보려 해요

치유의 땅

머물러있던 시련의 언덕을 넘어
잔잔한 행복의 강을 향해 가자
그곳에서 추억해볼 수 있도록
이 언덕에서 한 줌의 흙을 쥐어서 가자

도착하면
바다로 향하는 물결의 걸음은 뒤로한 채
강을 거슬러
신성한 속삭임이 들리는
흩어진 숲을 찾아가자

그 안에 아무도 닿지 않은 어떤 집을 찾아가자
하얀빛의 나무들로 둘러싸인 땅 위에 지어진

언제나 고요의 노래가 흐르고
치유라는 이야기가 살고 있는

밤하늘

밤하늘이 담긴 밤바다
그 속에 보이는 먼 곳의 섬

그 섬 안, 별빛 하나가 오롯이 닿는 곳에
보이는 어떤 한 사람
멀리서 보아도 왜 이리 슬퍼 보이는지

밤하늘이라는 유약한 조명에
적어낸 나의 시를
저 섬까지 닿게 할 수만 있다면

혹여 닿게 되면
내 작은 마음 하나가
슬퍼 보이던 존재에게
따뜻한 집이 되어줄 수 있을까
또다시 밤은 오겠지만

언젠가
작은 배를 타고 짙푸른 새벽을 건너
연청빛의 야상곡이 흐르는 온화한 물 위의 세상에

마지막 남겨두었던 하나의 시를 놓아두고는
옅은 미소를 지으며

파동의 몸을 맡긴 채 유유히 한숨 없는 그런 여정을
떠나볼 수 있을까

서둘러 피려는 꽃에게

경계는 높다

낮은 곳에서 향한다 해도
온전히 육신을 도려내지 않으면
오를 수 없다

청춘만이 전부였던 안식처는
자신만이 아는 고독이 되고

한 걸음 한 걸음이
행복을 위하고자 인내하여도
결국에는 덧없음을

소중히 간직했던 약속
위안이 될 그 언젠가의 생
이 모두가 희미해진 애틋함이란 것을

나 또한 어릴 적 꿈꿔왔던
어느 것도 이루어내지 못했음에

그때도 많은 걸 포기했던

아주 작은 소망이었음에

세상은 늘 찬란해만 보이고
불안은 바스러지도록 고뇌를 짓누르지만

뒤돌아 가기에는 오롯한 삶이었고
이토록 이 삶과 닮은 것이 이 꿈이면

온종일 비치는 햇빛 아래
서둘러 피는 꽃을 동경하지 않길

해가 뜬다는 것은, 곧 비가 내릴 것이라는 걸

다만 그 궂은비를 또 한 번 버텨내어 온
그래서 모두가 지려고 할 때
늦지만 오래도록, 그렇게 잔잔히 피어날 꽃이길

오감

맞잡은 두 손에는 온기의 두근거림이

바라보는 표정에는 사랑의 시간이

침묵 속 공명에는 회한의 끝맺음이

사랑의 향기에는 운명의 뒤틀림이

혀끝의 고통에는 밤들의 가난했었던 마음의 끝이

시간의 마음

어렴풋이 쌓여간 순간들은
언젠가 명확하게 새겨놓아진 영원의 시간들로
아로새겨지겠지

길을 잃지 않도록 쌓아놓은 돌탑처럼
바다를 조용히 비춰주는 등대처럼 그렇게
그 언젠가 그 누군가가 이 길에서
아름답게 피어나려고 할 때
그 시간에 나는 무엇을 두고 와야 할까
그리고 우리는 어디서 다시 만나게 될까

소복이 내려앉은 메밀꽃밭처럼
꿈을 꾸던 풍경 속에서
지켜보고 있을 너에게 그리고 나에게

그곳의 너는 행복하겠지
보고 싶고 많이 그립다

시간이라는 마음은 언제나 함께 할 수는 없겠지만
마음이라는 시간은 언제든 꺼내 볼 수 있으니

하늘 밑 고백

별빛이 쏟아질 만큼 가득한 하늘 아래 누워
진심 어린 속삭임의 대화를 나눠보고 싶었어
그러나 막상 이렇게 마주하게 되니
무슨 말을 해야 할지 몰라서 그저
별이 흐르는 모습을 보고만 있었어

나의 고백이 혹 힘없이 날아가지 않을까
이 떨림을 전할 수 있을까
주저함이 파도처럼 밀려왔다가 이내 멀어지지만
유리 조각이 흩뿌려져 있는 듯 여전히 조심스러워

그러나 여전히 그 고운 미소
내 마음에는 그렇게 꽃이 피고 있어
그 미소를 한없이 보고 싶고
오래도록 지키고 싶다는 마음만으로도
이 순간순간을 기다릴 가치가 충분한
그대가 생각이 나는 바다 같은 밤

지금보다는 더 서로의 마음을 알게 되었을 그 언젠가
지금과 같은 하늘을 볼 그런 날이 또 온다면
그때는 꼭 잡은 두 손 절대 놓지 않을게

오래 걸린다 해도
눈동자에 담긴 풍경을 지켜내고 바라볼 수 있다면

빛, 길, 꿈

달빛의 오솔길
내려앉은 온기

별빛의 강
그리고 밤

눈을 뜨고
숨을 쉬고
꿈을 꾸는
그 길을 따라 비추어지는 빛

이 모든 것들이 한낱 춘몽만은 아니길 바라는
숨겨지지 않는 마음속의 빛

마음껏 품에 껴안아 볼 수 있는
유일한 꿈

늘 그렇게 하늘에게 안녕을 소원하는 못난 손길이지만

다만
푸른 하늘의 하얀 달처럼

눈에 띄지 않게 오롯이 새겨둔
고귀한 어떤 진심

마음의 바깥에 따뜻하게 남아있는
단 하나의 잔상

끝의 마음

아무 말 없이
나를 포근하게 감싸 안아주세요
그동안 참아왔던 눈물을 쏟아낼게요

지금 내게 행복한 사랑의 시들이
써지지 않는 이유는
마치 유서와 같은 마음을 가졌기 때문이에요

슬프지만 작은 행복이
둥그렇게 티끌처럼 모아지면
의문형이었고 가정법이었던 나의 세상을
이제는 떠날 때가 된 것 같은 그런 마음처럼

다만 길었던 책의 마지막 장을 펼치게 되는 날

헤맸던 시간들과 힘들게 지켜낸 마음들을
느린 클래식의 선율과 상쾌한 숲의 향기처럼
고요하되 진한 흔적으로 남겨 놓아두고 떠날게요

삶의 끝, 그대에게 전할

우리는
참으로 오랜 여정을 함께했지요

돌이켜보면
곁에서 서로의 두 눈을
한없이 바라볼 수 있었던
값진 하루들이었어요

그러니 강물에 종이배 띄우듯
가만히 다가오는 삶의 끝에서도
슬퍼 말아요

우린 충분히
행복하고 아름다운 삶을 살았으니

그저 온화한 미소를 지으며
오래된 편지에 쓰인 옛일들처럼
함께했던 시간들을 추억하기로 해요

나무들로 이루어진 숲

소복이 쌓아두었던 마음들
온화한 풍경이 그려지는 이야기들
머무는 곳에 정성스레 내려놓은 시들
마음속에 간직해놓은 행복한 추억들
꽃잎처럼 아름다웠던 시간들

조그마한 강, 그 강 너머를 이어주는 징검다리를 건너면
드러나는 넓은 들판 속 의자 앞에 놓인 책

맨 앞 장을 펼쳐보니 어떠한 장편소설의 첫 장
그리고 앞으로 감당해내야 하는 수많은 장면들
한 장 한 장이 서로를 알 수 없는 섬 같다가도
유려하게 맺어지는 하나의 영화로운 하늘빛

마지막 종이에 쓰일 고마울 이름들
그 이름 중 가장 먼저 쓸 어떤 이름

나무들로 이루어진 숲
그 당연하지만 애틋한 결말

이윽고 다 읽어낸 책을 덮어

의자의 앉은자리 위에 올려놓은 채
향긋한 천리향 나무 하나를 옆에 수줍게 심어두고서
고요히 어느 곳으로 떠날 채비를

따뜻하게 내려앉았던 별빛처럼
이 땅과 이 공기에 찰나의 사랑을 두고 왔으니
푸르른 숲에 이제는 안녕을 고할
흰색에 가까운 연분홍빛 계절

빛나지 않았대도 괜찮아
작은 글 하나가 어떤 이에게 선율처럼 아름다웠다면
다만 그 언젠가 다시 시작될 수 있는
누군가의 수필이 되어 시들지 않았으면

우리는 참으로 오랜 여정을 함께했지요

초판 1쇄 인쇄	2023년 5월 25일
초판 1쇄 발행	2023년 6월 8일

지은이	정연승

펴낸이	이장우
책임편집	송세아
편집	안소라
디자인	theambitious factory
마케팅	시절인연
제작	김소은
관리	김한다 한주연
인쇄	금비PNP

펴낸곳	도서출판 꿈공장플러스
출판등록	제 406-2017-000160호
주소	서울시 성북구 보국문로 16가길 43-20 꿈공장 1층

이메일	ceo@dreambooks.kr
홈페이지	www.dreambooks.kr
인스타그램	@dreambooks.ceo

전화번호	02-6012-2734
팩스	031-624-4527

ISBN	979-11-92134-44-4
정가	12,500원